비바람 속에서도 꽃은 피고

모아드림 기획시선 152

비바람 속에서도 꽃은 피고

이병석 시집

모아드림

▪ 시인의 말

나는 여행 중이다.
그동안의 일상에서 벗어나 꿈으로의 여행이다.
새로운 것을 찾아 떠나는 여행이란 게 이런 것인가 보다.
37년 동안 같은 일을 하며 열심히 살았다.
행복하지 않았냐고? 행복했다. 그리고 지금도 행복하다.
하지만 이 여행이 나에게 주는 의미는 매우 다르다.
이 여행을 통하여 일상을 벗어나서 즐거운 것이 아니라
그동안 못 보았던 일상의 아름다움들을 만나기 때문이다.
더불어 시와 떠난 여행에서
하늘이 나에게 허락한 자연의 아름다움을 찾을 수 있었고
어릴 적 친구들을 만났고
사랑하는 이에게 '사랑한다'고 시가 대신 말해주어 고맙다.
아마도 나의 이 여행은 오래 계속될 것이다.
이제 정원의 꽃들을 돌보러 가야겠다.

2024년 4월

이병석

차 례

2부 당신 떠나가신 아침에

3부 동백꽃 피었다 진 이유는

4부 씨앗 되게 하소서

해설

1부
나에게 사랑은

나에게 사랑은

나에게 사랑은
말괄량이 발길질하며 찾아왔다.
붉은 볼에 곱슬머리를 가지고
말갈퀴를 세우고 달려왔다.
피하고 도망할 틈도 없이
나의 가슴을 한 움큼에 잡고
마법의 노래를 부르며 나에게로 왔다.
나에게 사랑은
엄마의 젖가슴처럼 풍요로우며
병아리를 품은 어미 닭의 날개 밑처럼 따스하고
슬픔 잃은 조커의 얼굴처럼 웃음 가득하고
하늘을 나는 종달새처럼 한없이 노래하게 한다.

오늘 아침 웃음의 천사가 다녀갔나요?

여보,
오늘 아침 웃음의 천사가 다녀갔나요?
어제 하루의 지친 몸을 안고
당신은 잠이 들었습니다.
밤새 당신의 몸은 신음을 하고
당신의 코는 연신 요리를 했습니다.

잠을 자면서도 곤히 자지 못하는 당신
삶의 무게가 온몸으로 이어져
관절 마디마디의 연골은 닳아 없어지고
곱던 당신의 손에 굳은살이 채워졌습니다.

오늘 아침 웃음의 천사가 다녀갔나요?
아침 해는 창문 넘어와 온 방안을 채웁니다.

달

어디에 두고 오셨소
어찌 그리 오셨소.
어제 날 두고 떠나실 땐 둥근 미소 가득 품으셨는데
예 오신 당신은
미소 한 조각 어디엔가 흘리고 오셨습니다.

무엇이 그리 좋으셨는지요
무엇이 당신을 그리 반기더이까
당신의 미소 한 움큼 덜어주고 올 만큼
어느 님이 당신을 붙들더이까?

떠나는 님아
가시는 님아
내일 다시 오실 때
당신의 미소를 흘리지 말고
두고 오신 미소 잊지 말고 채워오소서

님바라기

나의 두 눈이 그대를 향해 있고
나의 마음 그대에게 있습니다.
하늘과 땅의 수많은 존재들 속에서
난 언제나 당신을 찾아
내 마음 당신에게 향하고
당신을 봅니다.

어두움으로 가득한 하늘
별들이 다투며 나올 때
깊이 숨어버린 별들 속에서
당신의 이야기가 은하수를 타고 흘러내립니다.

하늘은
당신의 수많은 이야기들을
별들로 노래하게 하고
어두움에게 새기게 합니다.

지금도 나의 눈은 온통 당신에게 있고
나의 마음은 당신을 듣습니다.

그리움 1

방문을 열고 들어오니
허전함이 가득하고
보이지 않는데 네가 보이며
너는 없는데 네가 느껴진다.

구석
창문 넘어 빛이 놀다가 간 자리에
당신이 남겨두고 간
당신의 냄새가
당신의 흔적이
나의 가슴으로 달려와 와락 안아주고 간다.

그리움이
텅 빈 공간을 가득 채우고 온다.
없는데 네가 느껴지고
보이지 않는데 네가 보이는 것이
그리움이 되어 여기 서성이고 있다.

세 번째 사랑

나의 첫 번째 사랑은
개울가에서 만났습니다.
하얀 드레스에 치마를 입은 소녀가
느린 영상으로 다가와
방그레 웃고 지나갔습니다.
나의 두 번째 사랑은
소풍 길에서 만났습니다.
친구들과 사진 촬영할 때
내 어깨에 손을 얹고 웃으면서 왔습니다.
청바지에 빨간 티셔츠를 입고
등산모자를 얹어 쓴 여선생님
설레임이었습니다.
매일 그녀의 눈에 띄려고
책과 노트에 글들을 빼곡히 쌓아갔습니다.
나의 세 번째 사랑은
교회에서 만났습니다.
노래를 잘하고
키가 큰 곱슬머리

홍조의 볼을 가진 그녀였습니다.
말처럼 잘 뛰어다녀
모두의 시선을 끄는 그녀가
나에게 와 친구하자 했습니다.
그렇게 시작된 우정이 사랑이 되었고
반쪽 되어
평생을 함께 가고픈 동반자가 되었습니다.
나의 세 번째 사랑이자
마지막 사랑입니다.

편지

하얀 종이 한편에 당신을 그리고
그 밑으로 한 줄 한 줄 마음을 이어담아
당신에게 편지를 씁니다.
전화로 하지 못하는 말들을
문자로 다 표현할 수 없는 글들을
이메일로는 내 마음을 다 전할 수 없을까 봐
이렇게 당신을 그리고
나의 마음을 적어봅니다.
당신이 내 곁에 있어서
살을 에는 추위를 이기고 핀 동백을 볼 수 있습니다.
봄을 보내고 여름을 알려온
땀방울 같은 작은 꽃들로 꽉 채워 만든 수국의 향기를 느낄 수 있습니다.
한 여름의 폭풍우와 무더위를 이기고 핀
국화꽃이 가져온 신선한 바람을 즐길 수 있습니다.
늦가을 바람에 날개를 잃고 얻은
눈꽃 나무들의 화려함을 감사할 수 있습니다.
당신을 향한 마음을
하얀 종이에 담아 빼곡히 채우고

종이를 접고 접어 비행기를 만들었습니다.
행복하다고
언제나 함께 하고 싶다는 글을 담아
당신께 날려 보내드립니다.

너의 빈자리

네 모습이 보이질 않는다.
늘 뚜렷하게 내 앞에 아른거리던 네가 사라졌다.
머리에서 삐이~하고 소리가 들린다.
신호음이 끊겨버린 것일까
되돌려 찾아가 본다.
그래도 없다.
사라진 네가 미워져 되돌아갔다.
너 거기 없으니 있을 이유를 찾지 못해 떠났다.

가는 내가 의심스러워 자문한다.
잊을 수 있겠냐고
갈 수 있겠냐고
가던 길 되돌아 찾아본다.
여전히 빈자리
끊겨버린 신호음만 삐이~한다.

그리움 2

그립습니다.
보고 싶습니다.
당신에게 하지 못한 말들을
망설이며 숨겨두었던 감정을
아직은 뿌연 안갯속 자신감이지만
용기를 내어 당신에게 다가가 봅니다.

나의 목소리 들리나요
나의 떨리는 감정이 느껴지나요
연못에 개구리 울고
나무 위 새들의 노랫소리
그리고 바람소리와 서로 엉겨져 다투는 중에
당신 내 목소리 찾을 수 있나요?
나의 심장소리가 들리나요?

당신을 향한 마음이 그리움이 되어
떨리는 파장이 되어 당신 앞에 서 있습니다.

사랑하는 당신

사랑하는 당신
하늘이 허락한 삶의 굴레에서
동반자로 달려온 당신
함께 먹고 자며
손을 잡고 가다 보니
나는 당신을 닮아가나 봅니다.
당신이
뒤뜰에 상추, 고추, 오이, 호박을 심고
정원에 봉숭아, 팬지, 장미, 나팔꽃 심어
집이 아름다워지고
식탁에 먹거리가 풍성하여집니다.
꽃을 닮아가는 당신
정원과 집안에도 화사한 꽃이 피었습니다.
햇살로 가득히 채워진 이 아침 기도합니다.
내가 당신을 닮아가고
당신의 아름다운 마음들이 나를 통하여 전해지게 하소서
당신이 나를 변하게 하였듯이

나도 당신의 삶에 긍정적인 영향을 미칠 수 있게 하소서
신이 우리에게 허락한 작품들이
무시되지 않고 존중되게 하소서
그들을 통하여 기쁨과 평안이 주위에 나누어질 수 있게 하시고
또한 스스로가 행복하게 하여주소서
사랑하는 당신
언젠가 찾아올 그날
두 손을 맞잡고
벌판을 열심히 달려 막바지에 이르렀을 때
당신 손에 영근 땀을
내 가슴으로 닦아주길 원합니다.

해거름 바닷가

해거름 바닷가
파도가 바람과 함께 오고
낚싯대 둘러맨 남자와 함께 걷는 소녀가
모래 위에 발자국을 그리며 온다.
소녀는 모래 위에 앉아
파도가 지나간 자리에 시를 쓰고
낚싯대 끝에 그리움을 단 남자는
보낼 수 있는 가장 먼바다에 던져 추를 담그고
모래 위에 털썩 주저앉는다.
그 눈은 먼바다에 있고
그리움은 그의 손끝에 있다.

그의 손끝에
그리움이란 찌릿한 손맛이 전해져오고
눈은 파도와 싸우며 항해를 한다.

송사리의 노래

빛이 숨은 계곡의 물처럼
바위를 넘어 흐르는 물의 소리처럼
돌 밑에서 나와 헤엄치다
돌 밑으로 다시 숨어버리는 송사리의 몸놀림처럼
계곡이
물이
송사리가 노래를 한다

뽀얀 살에 분 냄새 풍기며 고물대는 아기처럼
가슴을 당당하게 내놓고 아이의 입에 물리는 산모처럼
연신 다섯 손가락을 움직이며 주먹을 쥐었다 펴는 아이의 손처럼
소파에 누워 아기를 가슴에 올려놓고
등을 토닥토닥하는 아빠의 졸린 자장가처럼
사랑이
행복이
졸리운 자장가가 되어 방안에 가득하다.

클리띠오나

34년의 기억을 찾아
맑은 눈을 가진 그녀가
수줍은 미소를 머금고
반가운 인사를 하며 다가온다.
잃어버린 기억
보이지 않는 그녀의 기억을 서둘러 찾는다.
어디에 있는지
뒤엉켜 돌아오질 않는다.
그녀가 나의 기억을 불러 주기까지
멀리 숨어 있었다.
클리띠오나
솔로몬이 사랑한 술람미 여인의 이름 같다.
아프리카 어느 궁정에서
검은 피부의 아름다운 공주였을까?
예쁘다.
클리띠오나
7세의 수줍은 소녀는
30대 여인이 되어 왔다.

캐롤라이나의 작은 도시
어린 소녀에게
백인도 흑인도 아닌
낯선 동양인은
온갖 궁금투성이다.
소녀가 다가와 수줍게 질문을 했다.
Are you Black or White?
미소와 함께 이렇게 답했다.
"네가 검다고 생각하면 검고
하얗다 생각하면 하얗단다"라고 답했다.
난 그렇게 그녀에게 흑인 선생이 되었다.

두 줄 기타

거리는 텅 빈 어두움으로 채워지고
별을 삼켜버린 구름은
까만 비를 내려주고 있다.
어두움이 나와 함께 있어 비에 젖는다.
쓸쓸한 비가
텅 빈 어두움과 내 마음에 온다.

어두움을 열고 그곳으로 나갔다.
어두움의 끝엔
당신의 여운이
두 줄 기타와 함께 의자에 기대어 앉아 있다.
기타를 집어들고 앉으니
당신의 여운이 와 본다.
당신의 노래가 두 줄 기타 위에서 놀고
그 안을 가득 채운다.

포우와 버지니아

바닷가 왕국
천사들마저도 질투하게 사랑한
포우와 버지니아는
바다 향이 올라오는
볼티모어의 한 언덕에 누워
한 줌의 흙으로 함께 하며
가끔씩 기억되어
찾아와 불러주는 시인의 노래
애너벨 리에 잠을 자고 있다.

시와 시인은 가고
그들의 사랑마저
떠나고 없어도
그들을 기억하고 노래하는 사람들이
그 언덕에 올라
바닷바람을 노래 부르며
사라진 왕국의 이야기를 한다.
애너벨 리의 슬픈 사랑 이야기를

바람의 이야기

바람입니다.
바람이 찾아와 문을 붙들고 속삭입니다.
별들이 노래를 부르며
문밖에 있으니 들어오게 해 달라고 속삭입니다.

바람입니다.
바람이 창문을 흔들며 서서 이야기합니다.
큰 두 눈 더 크게 뜨고
목청을 가다듬은 부엉이의 목소리로
문을 열어달라고 이야기합니다.

하늘에서 별이 떨어집니다.
떨어지는 별을 향해
바람이 서둘러 달려갑니다.
별이 영원히 기억에서 사라질세라
어두운 데 떨어져 빛을 잃어버릴세라
바람이 산 넘어 저쪽으로 갔습니다.

별을 쫓아간 바람은 오질 않고

온 밤 고요로 가득하고

하늘은 별들로 가득 채워졌습니다.

어두움 가득한 방 안

노부부의 긴 밤이 계속됩니다.

Can I hug you

금발의 예쁜 소녀가
수줍은 얼굴로 다가와 말합니다.
Can I hug you

금발의 귀여운 소녀가
나에게 와 말합니다.
I want to hug you

나의 얼굴이 빨개지고
나의 가슴이 뜨거워지며
두 팔을 벌리고 그녀를 안았습니다.

그녀에게 물었습니다.
왜 나를 안아주는 거지
그녀가 그랬습니다.
"Hug가 필요한 사람이 너일 것 같아서"라고 합니다.

2부
당신 떠나가신 아침에

별이다

빛이 비워준 자리
어두움으로 채워지자
별이 손에 잡힐 만큼 가까이 왔다.
저 별들 사이에 어두움이 깊게 자리하고
모르던 별 하나가 그곳으로 온다.
어제 바라보던 그 하늘에
모르던 별 하나 보이고
그 별이 나에게로 와
감추어진 하늘의 이야기를 한다.

그 별이 나에게로 와
내 가슴앓이가 되고
내 가슴의 이야기들이
별에게로 가 이슬이 되었다.

은하수

별들이 하늘에서 흐른다.
띠를 두른 별들이 이어지며
나뭇가지에 걸렸다.
봄을 넘어 여름으로 이르는 하늘에
새 옷으로 갈아입기 시작한 나뭇가지 위에
별들이 달렸다.

강물이 하늘에서 흐른다.
별들이 여름의 문을 두드리며
처마에 빗물방울 떨어지듯
하늘에서 흘러
나무 위로
땅 위로 내려온다.

사랑하는 이는
한 여름밤의 꿈을 딴다.
나뭇가지로 흘러내린 꿈을
하나씩 가슴에 품는다.

이 여름이 다가기 전에
하늘의 강물이 마르기 전에 나무 위에 올라
별을 맞는다.

만남

하늘이 내려와 나무 위에 앉고
숲에 머물렀다.
나무들 사이로
길이 열리고
개울이 흐른다.
하늘이 흐른다.
숲의 가장자리에는
깊은 눈망울을 가진 연못이 있고
그 눈에 하늘을 담았다.
하늘이 내려와 거기에 담겼다.

구름은 숲에서 나와 나무를 오르고
하늘에 피었다.
지는 해를 등에 얹고
붉은 꽃을 피웠다.

동굴

두어 발자국 다가가 불러보고
다시 몇 발자국 뒤로 물러가 불러 봅니다.
언제나 같은 목소리로 당신을 부르는데
당신은 다른 목소리로 답합니다.
하늘이 바람에게 쉬어가라고
산기슭에 준 쉼터에
소리들이 와서 놀다 갑니다.

이곳에는 다양한 소리들이 살고 있습니다.
바람의 소리
비의 소리
벌레와 온갖 동물들의 소리까지 있습니다.
하늘의 빛을 거두어 가면
별들이 이곳으로 찾아와 이야기를 합니다.
별들의 소리는 박쥐가 듣고
그들의 소리 찾기가 시작됩니다.

산기슭 바람의 쉼터에는
온갖 소리들이 찾아와 놀다 갑니다.

마른 나뭇잎

버티고 버티었다
몸 비비며 함께 지내던 벗들
바람에 날아 내려가도

푸른색 바래고 바래
나무와 같은 색이 되어
홀로 남았다.

다른 친구들 다 떠나갔을 때도
바람이 불 때도
추위가 찾아왔을 때도
외롭지 않았고
그저 함께 있어 좋았다.

사랑하면 모든 것을 견디는가 보다.
친구들을 떠나보내고
모습까지 바꾸어가며
곁에 있어 좋은가 보다.

몸의 무게를 다 내려보내고
가볍디 가벼운 껍데기뿐일지라도
곁에 남아 함께 하고 싶었던 마음
그 마음마저도 무거울까 봐 내려보냈다.
햇살이 내려와
둘을 보듬어 안아준다.

딱따구리

똑똑 집을 짓는다.
딱딱 입으로 집을 짓는다.
빨간 왕관들의 궁궐을 짓는다.
똑똑 여기 누구 살지 않나요?
딱딱 나 여기에 집을 지어도 되나요?
하늘이 가까운 곳에 궁궐을 지으렵니다.
하늘 정원을 가진 빨간 왕관들의 궁궐입니다.
반복된 수십번의 입도끼질
나무를 두드리고 다듬어 예쁜 집을 짓고 있습니다.
바람도 함께
구름도 쉬어 가는
나무 꼭대기 빨간 왕관들의 궁궐입니다.
당신도 환영합니다.

기다림

그리운 시절
그리운 고향
다시 와 둘러보니
옛것은 날 기다렸으나
예전의 내가 아니고
꿈에 보이던 교정
아련한 추억의 메아리만 놀고 있다.

해리

해리는 잘 있는가
바람이 파도를 타고 넘어와
배맨바위에 묶이면
천 길 바위에 구름이 서고
비가 내리는 곳
맑은 물줄기는
도솔천 계곡 따라 내려오고
소금을 머금은 바다는
바람을 몰고 예와서 놀면
두 물이 어우러져 시내를 이루는 곳

해리는 잘 있는가
검은 갯벌에서 농게는 긴 팔 흔들며 달리고
망둥이 꼬리를 치며 숨는 곳
갯벌에 새겨진 너와 나의 발자국이
농게와 망둥이 집 되어 있는 곳
바닷소리
바람소리

교회의 종소리 어우러져 들리던 곳
너는 잘 있는가

작별 인사

세 다리가
서로를 의지하며 걷는다.
짧은 보폭 몇 발자국에
앞서가는 다리가 균형 찾기를 한다.
가까운 길이 멀기만 하다.

동네 어귀를 서성이며
하교하는 아이들 속에서 아들을 찾는다.
쑥스러운 얼굴로 아이가 와서 품에 안기고
가방은 그의 손에 건네진다.
순간, 아이는 저만큼 친구들과 함께다.
서툰 세 발이 아이 보고 따라 걷는다.

늦은 밤 술에 취해서 아들 방문 열어보고
아무 말 없이 문 밀어 닫으시더니
중풍이 온 후에서야 아들 걱정이 되셨나 보다.

하굣길
아이가

동네 어귀에서 아버지를 찾는다.
없다.
아이는 울며 집으로 달린다.

장독대

별이 수시로 찾아오는 뒤꼍에 구들돌 모아 올리고
곱게 목욕한 항아리들 키 순으로 줄 세워
울 어머니 장을 담는다.

옹기들의 배를 메주와 소금물로 두둑히 채우고
대추와 고추를 홀수로 넣고
숯 몇 개 던져 마지막 정성을 담는다.

장독대에 햇볕이 찾아들면
항아리 모자 벗기고 일광욕을 시킨다.
곱게 곱게 익으라
맛있게 숙성돼라
햇볕과 만나 사랑을 나누게 해준다.

별이 놀다가고
노을이 드리워지면
벗은 모자 다시 씌우고
부른 배 쓰다듬어 잠재운다.

별이 내리는 장독대는

어두움을 덮고

별과 만날 것을 고대하며 잠을 잔다.

당신 떠나가신 아침에

아들아, 아프다.
밤이 어두워 보고픈 네가 못 오니
바람이 차가워 별이 숨고
어두움이 무겁게 누르니
널 부르는 내 목소리만 가슴을 때린다.
밤이 없는 곳으로
난 가야 하는데
너에게 잘 있으라고
또 사랑한다고 말하고 가고픈데
어두움만 가득하고
너와 함께 온다던 아침은 어찌 그리 더디 오냐

이별

안녕이란 말도 못 해드렸습니다.
해가 온 동네를 가득 채우기 전에
잘 가시라 말해 드리고 싶었습니다.
아침이 오기 전 서둘러 당신을 찾았을 땐
당신은 계시던 그 자리에 없고
차가운 기운만 남아 있었습니다.
당신은 이미 떠나고 없었습니다.

사랑한다 말하고 말했어도
당신의 떠나는 발걸음을 붙잡지 못했습니다.
당신의 고운 얼굴 잊을 수 없는데
당신은 내 가슴에 있는데
첫사랑을 따라 당신은 가셨습니다.
다신 오지 않겠다 말하고
매정하게 가셨습니다.

나는 울지도 못합니다.
당신을 붙잡지 못한 바보라서

고개를 떨구고도 나의 눈은 저 바다 건너 당신 가신 길을 봅니다.

나의 초라한 모습 보이기 싫어 고개를 돌려 이별을 인정합니다.

대나무꽃

대나무가 꽃을 피웠습니다.
울 엄마 꽃가마 타고 올 때
시작된 대나무의 전설이
뒤뜰 가득 채우고
숲을 이루더니
아흔다섯 울 엄마 하늘행 꽃마차 타고 떠나니
대나무가 꽃을 피웠습니다.

할미꽃

어머이 어머이 우리 어머이
어머이 품에서 꽃이 피었습니다.
뽀송뽀송한 어머이 닮은 흰머리하고
어머이 좋아하던 가지
그 가지색으로 단장한
꽃이 피었습니다.

어머이 떠나
그리워하는 나의 마음 아시는지
꽃이 되어 오셨습니다.
당신 보고파 찾는 자리에서
몰래 얼굴 감추고
숨어 오셨습니다.

어머이 어머이 곱디 고운 우리 어머이
당신이 잠든 그 곳에 예쁜 꽃이 되어
오시었습니다.
그리워하는 아들에게

당신 거기 잘 있다고
나 잘 살라고
꽃이 되어 오셨습니다.

하늘 호수로 여행

햇살이 내립니다.
산에도
들판에도
나무와 바위에도
빛과 그림자를 선물하며 내립니다.
햇살이 호수에 내려와 앉고
하늘도 따라 내려와 호수를 만납니다.
하늘이
하늘 아래에 있어 하늘 호수가 되자
당신은 가셨습니다.
하늘 호수 저편에 북극성을 찾아서
밝은 햇살을 이고 가셨습니다.
하늘 호수 위로
당신을 부르는 나의 목소리는
물 위를 달리다 가라앉고
당신은 불러도 못 오실 하늘 호수 속으로 가셨습니다.
당신은 떠나셨습니다.
사랑하는 당신이여

그리운 당신이여
하늘 호숫가에 앉아
내 두 손을 물에 담그고
당신 얼굴을 하늘 호수 위에 그려 불러봅니다.
너무 멀리 가셔서 내 목소리 닿지 않을까 봐
손으로 당신을 불러봅니다.
내 그리움이 물의 손짓이 되어 당신을 쫓아
당신이 가신 하늘 호수 속 북극성으로 찾아갑니다.
햇살이 내려앉은 호수 위로
하늘이 내려와 당신을 데려가셨습니다.

전갈의 시지프스

바하 칼리포르니아 반도에는
삼천 킬로에 이르는 긴 해안이 늘어진
하늘 아래 천국이 있습니다.
그 천국 저편 사막에는
백 마리의 새끼들을 등에 업고 키우는
슬픈 전갈의 이야기가 있습니다.
바람이 파도를 타고 노는 바닷가에서
땅 위의 뱃사람을 사랑한 하늘의 천사가
뱃사람의 아이를 갖게 해달라고
하늘에 기도를 했습니다.
그녀의 간절한 기도는 저주가 되어
하늘에 비구름을 떠나가게 하고
들판을 황폐하게 했습니다.
비가 없고 황폐한 사막에
사람들은 떠나고
동물들마저도 외면하는 땅이 되자
하늘은
그녀에게 전갈이 되어

사람의 두 배의 임신 기간과
백 마리까지의 새끼를 낳는 출산의 고통을 주었습니다.
그녀의 새끼들은 나면서부터
어미의 등에 올라와 삽니다.
하나 둘 셋 오른 모든 새끼들이
온종일 어미의 등에 올라와 삽니다.
어미가 먹이를 찾아 뛸 때는
등에 밀착하여 붙고
걸으면
어미의 요람에서 자며
어미가 잘랍시면
일어나라 시끄럽게 노닙니다.
일곱 날이 되면
등에서 지내던 새끼들은
입고 있던 옷을 벗어버리고 떠나기 시작합니다.
사막의 모래바람을 찾아갑니다.
열 번째 날이 되면
어미의 등에 올라와 살던 새끼들이 다 가고 없습니다.

어미 전갈에게
육아의 해방보다
해산의 무거운 고통보다
헤어짐의 슬픔이 먼저 찾아왔습니다.

* 바하 칼리포르니아 전갈은 18개월의 임신 기간을 거쳐 한번에 20-100마리의 새끼를 출산하며 모두가 어미의 등에서 7-10일을 살다가 떠난다.

애가

아기를 업고 늦은 밤 집으로 향하는 어미의 눈물이 보이는가
아이는 어미의 등에서 자고
앞만 보고 걷는 그녀의 아픈 가슴의 소리가
거리를 더 어둡게 한다.
사랑하는 이는 술과 떠나고
그녀의 집 무너진 담장은 호박 덩굴이 넘는다.
사랑이 남겨두고 간 슬픈 흔적은
온 집 마당에 잡초들로 무성하고
집 모퉁이 깨진 화분에서 패랭이꽃이 피었다.
그래도 사랑한다
언제까지 사랑한다
집 앞 마당서
하늘을 보고
달을 보고
별을 보고
아이를 본다.
이제는 놓아보내련다.
그녀를 붙들고 있는 슬픈 애가를

3부
동백꽃 피었다 진 이유는

새해 소망

가고 온다.
오늘은 가고 내일이 온다.
만남이 기억이 되고
약속이 현실이 되어 왔다.
매일매일 벽에 새겨놓은 기다림들이
어느덧 넘쳐 흘러 지나고
새날을 찾아 문을 열고 나간다.

오늘이 어제가 되고
내일이 오늘이 되어 왔다.
어제가 가는 해의 꼬리가 되어 도망치고
내일이 커다란 해의 얼굴을 하고 들어온다.
꼬이고 얽힌 지난 해의 실타래를 풀고
길게 늘어뜨린다.
푸른 실과 붉은 실을 더해
예쁜 매듭을 만들어 잇고
삶의 실타래에 이 한 해가 우리에게 줄 관계들이
주저리주저리 열려 꽃피우길
새해에 소원한다.

새해 첫날

오늘이 새해라 좋습니다.
밝아오는 아침도
떠오르는 태양도
새로운 이름을 붙여줄 수 있습니다.
어제가 싫어서가 아닙니다.
그저 오늘이 좋아서
새롭게 시작할 수 있어서
오늘이 새해라 좋습니다.

오늘이 새해라 새로운 계획을 만들어 볼 수 있어 좋습니다.
무엇이든 새롭게 시작할 수 있을 듯싶어서
새로운 도전이 어색하지 않아서
참 좋습니다.
어제 만든 나의 계획이 실패했다고 생각하지 않습니다.
단지 거기에 하나를 더하는데
부담이 없는 날이 새해라서
새해의 계획을 만들어 봅니다.
오늘이 새해라서 좋습니다.

봄으로 달려온 수레바퀴

돌아 돌아 다시 들판에 꽃이 피고
계절의 수레바퀴가 다시 돌아
언 땅에 물이 흐른다.

흐르고 흘러 계곡의 얼음을 녹이고
물고기들이 하늘을 볼 수 있게
계절의 수레는 돈다.

숲속에 나무들이 마지막 날개까지 잃고
벗겨진 몸으로 한파와 싸웠다.
추위에 벗었던 나무는
이제 꽃을 피우며 봄을 맞는다.

너를 그리던 간절함이 모여
어여쁜 연인 되어 오고
너의 긴 곱슬머리 그리움 뚫고 올라와
향기가 되어 주고
나뭇가지 사이로 비끼어 들어오는 햇살에

떨리는 너의 살결이
부는 바람에 하품 소리를 낸다.
봄이 하품하며 온다.

해질녘 바닷가 풍경

구름이 바다 위로 올라와 달 아래로 쌓이니
어둠에 밀려온 요트
돛 내려지고 닻은 바다에 묶이니
땅거미가 바다를 만난다.

파도가 뱃머리를 민다.
요트는 요람 되고,
세일러는 아기잠을 잔다.
요트에서 떠나 도망온 빛이
파도를 타고 뭍으로 왔다.

땅거미 소나무를 만난다.
늙은 해송이
뾰족한 긴 솔잎을 세우고 막아선다.
바람을 가르며,
빛을 찌르는 무용이
사뭇 기사 돈키호테다.
빛과 바람이 솔잎에 찔려 흩어진다.

땅거미 어두움을 만난다.
도망한 산초 보이지 않고
지쳐 늘어진 해송의 긴 솔잎
돈키호테 팔의 마창되어
온 밤 빛을 가르고
바람과 싸우는데,
요람 속 세일러는 아기잠을 잔다.

여름이 왔다

나는 살짝 밀었는데
너는 확 밀고 들어왔다.

봄은 쉬이 가고
여름이 급하게 왔다.

꽃 웃음 짓던 아이가
땀 목욕 하고
땀띠 나지 말라 발라준 분 가로질러 땀 길이 났다.

여름이 왔다.
땀띠 나게 달려 여름이 왔다.

구름, 바람, 햇살

나는 구름이고 싶다.
몽글몽글 피어 올라 그늘을 주기도 하고
메마른 곳에 단비를 주는 구름이고 싶다.
구름은
비를 내려 숲을 더 푸르게 하고
계곡에 물을 흘러가게 하여
온갖 생물이 즐거이 살 수 있는 곳 만들어주는
촉촉한 눈을 가졌다.

나는 바람이고 싶다.
들판을 달리고 산을 오르는 바람이고 싶다.
바람은 들판의 곡식을 익게 하고
바람은 산에게 계절마다 새로운 옷을 입혀주는
귀한 손을 가졌다.

나는 햇살이고 싶다.
꽃밭을 환하게 만들고 하늘을 가득 채우는 햇살이고 싶다.

햇살은 꽃밭의 꽃을 더 화사하게 하며
하늘을 깊게 만들어 주어 많은 꿈들로 채워주는
따스한 가슴을 가졌다.

오늘 나는 누군가에게 구름이고, 바람이고, 햇살이고 싶다.
촉촉한 눈으로 너와 함께 울며 위로하고
손을 내밀어 힘든 너를 붙잡아 주는
그리고 따스한 가슴으로 너를 안아줄 수 있는 그러한 존재이고 싶다.

산기슭에 봄 나비 노랑매미꽃

어두움이 가고 아침이 오자
긴 기지개를 펴고
주섬주섬 편한 옷으로 갈아입었습니다.
집 뒤로 이어진 언덕을 올라
산모퉁이를 돌아 가니
산은 나에게 맑은 공기와
새들의 노래를 선물합니다.

숲으로 이어지는 언덕 밑에 작은 약수터가 있고
그 약수터에는 아침부터 찾아온
봄 나비가 내려와 앉아 있습니다.
노란 날개 네 개를 너울거리며
하늘을 향해 머리를 들고
나를 맞아 줍니다.

다가가 만져도 도망하지 않고
봄 나비는 그대로 앉아 고운 날개를 펼치고
나를 맞아 보아줍니다.

예쁜 아기의 환한 미소로
분내 나는 네 팔을 벌려
방그레 웃어줍니다.

비 맞으며 가는 가을

젖은 땅을 때리며 가을이 갑니다.
화려한 계절의 옷 벗어버리고 떠납니다.
빗물로 세수하며 여름이 간 길 따라갑니다.
무거운 몸 붙들고 있던 나뭇잎들
손 흔들며 아래로 내려갑니다.
나무집 떠난 낙엽
바람에 밀리지 말라
무거운 비로 누르며 겨울이 옵니다.

천년화

인연의 세월이 천 겹이 되어 쌓이고
바라고 살아온 사연이 고리가 되어
만남으로 이어져 천년의 꽃이 되었다.

네가 나에게 오기 위해
비바람에 목욕하고 햇살을 품었다.
바다를 뚫고 올라온 미소
어두움을 밀고 온 창가의 아침처럼
싱그럽다.

창문을 밀어 열자
아침이 반기며 들어온다.
밤새워 놀던 어두움이 가고
빛이 여기에 와 있다.

네 환한 미소가 문을 열고 온다.

봄보다 먼저 온 꽃

예쁘다.
봄보다 먼저 와 버린 꽃이 눈을 덮고 피었다.
추위가 사알짝 물러가
숨어 있는 사이
정원을 향기로 채우며 꽃이 피자
숨었던 추위가
꽃 향기를 누르고
하얀 옷을 입고 왔다.
봄보다 먼저 와 버린 꽃이 눈 모자 쓰고 피었다.

찬바람을 입은 봄이 온다

땅을 가르고
얼음을 쪼개며
외조각 잎파리 붙든 나뭇가지 밑으로
찬바람을 입은 봄이 온다.

새들도 잠시 자리를 비우고
들짐승도 떠난 그 자리에
추위에 떠는 발가벗은 들판 밑으로
살얼음 머금은 봄이 온다.

잃어버린 생명이 오는 것이 아니요
새 생명이 탄생하는 것도 아니다.
잠시 움츠린 자연의 기운이
기지개 펴고 오는 것이다.

풀잎의 눈물

풀잎 위에서 놀던 천사가
여명이 오기 전 서둘러 떠나자
풀잎이 울며 아침을 맞이합니다.

하늘에 아침 노을이 드리우면
해가 눈물에 들어와 별이 되고
땅 위에서 별이 빛납니다.

어두움은 땅속 저편으로 숨고
별이 땅에 내려와 풀잎 위에서 놀고 있습니다.

바람이 별을 찾아옵니다.
긴 호흡을 죽이고
떨어지지 마라
사라지지 마라
고운 숨 내쉬며 옵니다.

몇 개 남은 별들이
하나 둘 풀숲으로 져

수풀 왕국으로 안내하는 길잡이가 되었습니다.

풀잎 끝에 앉은
마지막 남은 아침 별에는
왕궁을 도도히 거니는
시아미즈 고양이가 들어와 살고 있습니다.

국화꽃 편지

언덕에 꽃이 핀다.
산 허리에도 꽃이 피었다.
꽃잎 따다가 종이 위에 붙이고
당신에게 편지를 쓴다.
국화 향기 편지지에 가득 담아
당신에게 편지를 썼다.
가을을 봉투에 가득 담아 넣고
보고파서 글을 쓰고
그리워서 편지를 썼다.

매년 시월이면
잡초들과 어우러져 아름다운 가을을 담아
들국화꽃 향기를 담아
나를 기억하라고
당신이 좋아하는 가을 담아 보낸다.

나팔꽃

하늘이 어두움을 거두어 가기도 전에
아침을 부르는 농군의 바쁜 걸음이
논밭에 이르기 전에
담장에 아침을 부르는 나팔꽃을
바람이 흔들어 깨운다.

바람에 놀란 나팔꽃은
흔들리며 일어나
아침을 부르니
샛별이 사라졌다.

커다란 빛이 하늘 중심에 오르니
나팔꽃은 몸 움츠리고
두 팔을 포개고 낮잠 잔다.

동백꽃 피었다 진 이유는

꽃을 피웠습니다.
찬바람 누르고
곱게 곱게 단장을 하고
하얀 눈을 태우려 빨갛게 피었습니다.
봄 어서 오라 부르며
꽃을 피웠습니다.
두 손을 모아
많은 염원들을 붉은 꽃잎에 담아
꽃 수술 비벼가며 기도합니다.

봄이 오는 길
꽃잎이 지기도 전에 어여쁜 모습으로
땅 위로 내리워져
봄 오실 길을 준비합니다.
빨간 꽃잎 밟고 노란 수술의 향기를 바르며
봄 오시라 부릅니다.

붉은 꽃잎이 길 위에 새겨집니다.
노란 붓놀림이 길위로 휘휘익 지나갑니다.

오래오래 봄의 여운이 있으라고
당신을 향한 사랑이 기억되라고

동백꽃 피는 곳

어릴 적 친구들의 소리 들리고
은옥, 병수, 왕선, 태용, 선주, 남연이가
뛰놀며 달리던 언덕이 보이는 곳
짜디짠 바닷물이 놀다 파도와 물러가면
갯벌이 훤히 들여다보이는 그곳
바다에 배 띄우고
내 고향 찾아간다.

하늘 아래 저 구름에는
친구들이 적어놓은 꿈 이야기가 있고
짠 내음 품은 바람이 산 아래로 찾아와
빨간 동백꽃 피우는 곳
선운산 언덕에
한 철을 피었다 진 동백꽃 품은 산사가 있고
그 처마 밑에서
그녀를 그리는 애틋함이
풍경소리와 함께 산을 내려온다.
그녀와 함께 걷다 두고 온
이야기들이 꽃잎채 떨어져 만난다.

민들레

한 송이 꽃이 네게서 피어올라
아름다움을 뽐내다가 가고 나면
또 한 송이의 꽃이 네게서 날개를 가지고 피어선
바람과 함께 날아간다.

빛을 사랑한 너는
해를 닮은 모습으로 피고
빛을 품고
풀밭에 숨어서 해를 만난다.

바람을 사랑한 너는
바람을 닮은 모습으로 피고
바람이 와 손을 내밀면
하늘에서 바람과 춤을 춘다.

너는 태어나 두 번의 꽃을 피우며
해와 사랑을 하고
바람과 밀월의 여행을 떠난다.

비바람 속에서도 꽃은 피고

바람 불고 비 내린 들판을 보라
비바람 속에서 꽃들은 피고
나무는 흔들림 속에서 더 꿋꿋하나니
구름 가고 비 멎으면 나비와 새들이 난다.

뜨거운 태양열과
모래바람 부는 사막에도
생명이 존재하듯
너의 삶 속에도 지친 네 목젖을 적셔줄 오아시스는 있다.
일어나 한 그루의 나무를 심고
물을 주어보라
나무가 너에게 무엇을 해 줄 수 있는지 알 것이다.

세상이 너에게 손가락질할지라도
눈꺼풀 닫을 만한 용기와 힘 있으면
당당할 수 있고
해거름에 지친 발걸음이 너와 함께할지라도
너를 반겨주고 안아줄 동반자 하나 있다면
네 인생 살 만한 것이다.

나에게는 꿈이 있습니다

시야,
나에게 꿈이 있단다.

하늘 아래
땅 위의 모든 것을
노래할 언어를 찾는 꿈.
시야
너는
꽃보다 아름다운 말을 가졌고
무지개보다 더 화려한 색상을 가진 언어들로 이루어졌단다.
나
너를 찾아 만나고,
너와 함께하며
너를 더 알아
사랑하는 나의 마음을
네가 가진 모든 말과 언어들로 표현해 보는
꿈을 가져본다.

너를 위하여

그리고 너를 통하여

세상을 예쁜 말로 단장시키고

사랑을 아름다운 말로 승화시켜 보는 꿈.

사랑하는 이를

너를 통하여 표현하고 알리고 싶은 꿈.

아름다운 것에 대하여

아름답다 말할 수 있는 글을 만들어내는 꿈.

4부
씨앗 되게 하소서

도전

갈 수 있을까
아무도 가보지 않은 그곳을
길도 존재하지 않아
어디로 가야 할지
무엇이 거기 있는지
알려준 이 없는 그곳을

이겨낼 수 있을까
무지에 대한 두려움을
앞이 어디인지
얼마를 더 가면 끝이 보이는지
길이 없는 그곳에
나의 발자국 뒤에 오는 이의 길잡이가 되어 줄 수 있을까

난 오늘도 알지 못하는 길을 향해 간다.

일 안하고 놀기

가방을 싼다.
일하지 않고 노는 거다.
칫솔, 치약, 면도기를 챙기고
입을 옷들을 담아 넣는다.

내일은 무조건 노는 거다.
날씨가 좋으면 좋아서 놀고
날씨가 궂으면 일하기 싫어서 놀자.

먼저 하지 말아야 할 목록을 만든다.
이메일 확인
전화 받기
문 열어 주기

해야 할 목록
떠나기
놀기
즐기기

가방을 채우고

나와 함께 놀아 줄 차

안팎으로 치우고 닦고 향수도 뿌려 주었다.

중요한 음향 점검

빵빵하다.

이제 떠나면 된다.

자화상

거울에 나의 얼굴을 그려 넣는다.
처지고 눈곱 낀 눈
제각각 뻗어 올라온 머리
베개 자국이 사라지지 않은 볼
부처님 닮았다는 귀
밤새 고느라 연신 바빴던 코도
거울 속에 그려 넣은
오늘 아침 첫 자화상이다.

하얀 거품을 덧입혀 이를 닦아주고
수돗물을 두 손으로 받아
연신 얼굴을 주물러 씻으며
오르락내리락 물 마사지했다.
머리도 감는다.
고개를 숙여 차가운 물이 머리 위를 지나게 하자
정신마저도 단장을 한다.
다시 나의 얼굴을 거울에 그려 넣는다.
그래도 꽤 괜찮은 자화상이다.

거기에 로션을 조금 덧입혀주니
생기마저 도는 자화상이다.
오늘을 괜찮게 살아볼 나의 자화상이다.

What a wonderful World

사내의 출근길
하늘은 검은 안개구름으로 덮여 있고
날개를 잃은 나무들이 길가에 줄지어 있다.
다람쥐가 질퍽거리는 땅 뒤지며 먹이를 찾고
사내는 찬비를 맞으며 출근길을 서두른다.

가야 할 계절이 멈추어 망설이는 사이
눈속에서 온기를 피우며 복수초가 피었다.
서둘러 서둘러 꽃을 피웠다.
지친 계절을 달래려 꽃을 피우며 봄이 온다.
봄이 서둘러 왔다.

가고픈 곳
검은 안개구름 속에 있고
가야 할 길이 보이지 않는 들판에 홀로 서서
한 걸음 한 걸음 내딛고 걷다 보니
들판에 꽃이 보이고
나비도 있고

새도 날아다닌다.
슬픈 계절은 더디 가고
아픈 시절은 늘 함께 하지만
꽃이 내게 오니
나비와 새도 더불어 왔다.
위로하며 나에게 왔다.

석아

석아
배맨바위에 올라 먼바다를 바라다보며 되새기던
청음淸陰의 노래를 기억하는가
타의에 떠밀려 고향산천 떠나야 했을 때
되올 수 있을까 걱정하던 그의 마음이
나에게도 아픈 가슴으로 다가온다.

어릴적 너와 나의 이야기들이 개울에 있고
흐르는 시냇물이 너를 부른다.
보고프다 우리의 다가올 추억이
그립다 너의 모습이
올 수 있을까
저 파도를 타고
바람을 타고

석아
우리 함께 오르던 바위 언덕에 올라본다.
아이들의 소리는 없고

우리 앉아 놀던 그 바위에
밴이 똬리 틀고 일광욕 하고 있다.
오늘밤에는
별들이 내려와 이곳에서 놀겠다.

산다는 것은

죽은 땅에서 바람이 불고
비가 오면 생명은 잉태된다.
바위 위에서도
나무가 자라며 꽃이 핀다.
산다는 것은
아름다움이란
우리가 평가할 수 있는 것이 아닌가 보다.
그저 살아지는 것
그것이 아름다움이 되어지는 것인가 보다.
사랑하는 것과
노래하는 것이 젊음의 상징이라 했던가
그리고 그것이
노인의 기억이고 추억이었다고 누가 말할 수 있는가
노인도 사랑하고 노래한다.
돌밭에서도 식물은 자라고
메말라버린 가슴
처져버린 눈가의 주름으로도
사랑을 느끼고

사랑을 볼 수 있다.
산다는 것은
아름다움은
사랑의 노래는
누구나의 것이며
모두의 특권이고 받아야 할 선물이다.

버려진 택배 상자

길거리로 내몰린 상자들이 모여 투쟁을 한다.
밤색 띠를 두르고 함부로 대하지 말라고
빨간색 띠를 두르고 행복한 기억을 버리지 말라고
흰색 띠를 두르고 묵언의 시위를 한다.
건물의 뒤쪽에 모여 시위한다.
크기도 다르고
모양도 제 각각이다.
명품 상표를 한 것이나
누구나 보암직한 상표를 한 상자들이
누르며,
밀며,
모여 시위한다.
이름표를 달고 과감히 투쟁하는 상자
이름표를 가린 부끄러운 상자
이름표가 아예 없는 누군지 모를 상자들이 모였다.
인간의 이중성에 항거한다.
잠시 전 두 팔 벌려 환영하던 그들이
칼을 꺼내 칼질 몇 번으로

내장만 꺼내 가고 자신들을 버렸다고
밤새워 바람과 싸워가며 시위한다.

아침이 오자 건물 뒤쪽으로 애마를 끌고
목장갑 낀 칼잡이가 왔다.
투쟁하려고 두르고 있던 띠를 사정없이 잘라낸다.
그리고 길바닥에 내동댕이쳐 바짝 눕게 한다.
순식간이다.
그의 애마에 태워져 끌려간다
목장갑 낀
흰머리의 칼잡이
그의 느린 발걸음이 개선장군이다.

닭보다 오리

닭이 오리에게 말한다.
난 너보다 우아하고 섹시하게 걷는다.
엉덩이를 흔들며 살래살래 걸어간다.
오리도 한다.
닭이 오리에게 날 수 있다고 하며
날개를 쭉 펴고 하늘로 나른다.
잠깐이었다.
오리도 날개를 펴고 하늘로 나른다.
오리도 잠깐이다.
닭이 나는 알 낳아
삼 이레를 지나면 병아리가 나온다 하자
오리는
난 사 이레를 품으면 새끼 오리들이 나온다 한다.
닭이 오리에게 내 새끼들은
내 날개 밑에 와 쉰다 하자
오리는
난 새끼들과 물놀이하며 함께 논다고 한다.
난 매일 사람들에게

새벽이 오는 것을 알려 줘, 닭이 말했다.

넌 모르지 사람들이 얼마나 시끄럽다고 하는지, 오리가 답했다.

화가 난 닭이
난 너 보다 잘 싸운다 하자
오리는 그건 붙어 봐야 알고 한다.
아들이 아빠에게
아빠 난 닭고기가 더 좋아
아빠는 아들에게
난 오리가 더 좋단다.

나 무엇을 보고있나?

차안대遮眼帶하고
욕심이
바람이 독려하는 채찍에 달려왔습니다.
어느 순간 느려진 발자국 소리에
달려온 뒤를 보았습니다.
많이 온 것 같은데
많은 변화가 있었던 것 같은데
지척입니다.
나를 보낸 그곳이
뒤에 오던 이의 등이 보입니다.
하나 둘 지나갑니다.
나 홀로 달려온 줄 알았는데
경쟁하며 왔나 봅니다.
나 혼자인 줄 알았는데
함께였습니다.
자신보다 더 큰 나무통을 어깨에 메고
버거운 걸음으로 언덕을 오르는 젊은이가 있습니다.
지친 호흡

더딘 걸음

처진 어깨

힘들어하는 모습이 안타깝기마저 합니다.

빨리 지나치면 보이지 않겠지

그를 향한 안타까움도 없겠지 생각했습니다.

열심히 달려보았습니다.

더 힘껏

지나간다 생각을 했습니다.

하지만 나의 걸음은 언제나 그의 몇 발자국 뒤였습니다.

지금도 그의 등을 보고 가는 중입니다.

새가 높이 나는 이유는
아래를 더 잘 보기 위함입니다

독수리는 날개를 펼치고
공기의 저항을 이용하여 하늘로 날아갑니다.
저 높은 곳을 향하여 날고
저 먼 곳을 향하여 날며
자신을 향하여 부는 바람을 이용하고
공기의 저항을 이용하여 하늘을 납니다.

젊은 그대여 세상을 향하여 비상해 보세요.
달려오는 어려움과 고난을 발판으로 삼고
저 높은 꿈을 향하여
저 먼 미래를 위하여
그대들에게 다가오는 도전과 시련을 불태워
안개와 구름을 뚫고 날아 보세요.

새가 위로 나는 이유는 높아지기 위함이 아니요
아래를 더 잘 보기 위함입니다.
새가 낮게 나는 이유는
목표가 생긴 것이요

새가 고개를 숙인 것은
겸손을 위한 것이 아닙니다.
목표를 향하여 날기 위함입니다.

이랴 워워

이랴
누가 나를 가게 하고
워워
누가 나를 멈추게 할 것인가
나의 인생을 조율해주는 이 누구인가

이랴
나를 가게 하소서
나의 어깨에 멍에 지고 기꺼이 가게 하소서
굳은 땅을 갈아 엎어 부드럽게 하며
거친 땅에 새 생명이 태어나게 하여
새로운 땅을 만들며
거칠고 굳은 땅을 옥토로 만들 수 있는 내가 되게 하시며
나의 멍에가
나의 걸음걸음이
다른 이의 가야 할 길이 되게 하소서

워워
나를 멈추게 하소서

허구와 이상을 좇아 달리는 불도저를
흔들리는 붉은 깃발에 쉬이 흥분되는 황소를
예민하게 반응하며 두 집게발 들고 달리는 게를
세상을 향한 부정된 마음을
남에게 보이려는 사치스러운 자만을
타인과 경쟁하며 나아지려는 욕심을
워워 멈추게 하소서.

씨앗 되게 하소서

들판에 한 포기의 꽃이 피고
씨앗이 남겨져 예 있습니다.
씨앗이 씨방을 떠나
바람에 흔들리며
하늘이 부르는 노래에 춤을 추며
언덕 넘어 멀리 갑니다.

이곳에 씨앗이 되게 하소서
싹 틔우기 마다한 씨앗들을 거름 삼아
이 마른 땅에
푸르름이 오고
동물들 뛰놀게
한 알의 씨앗이 되어 싹 틔우게 하소서

이곳에 씨앗이 되게 하소서
거친 들판에
땅이 젖고
그늘이 드리울 수 있도록
한 알의 씨앗이 되어 이곳에 싹 틔우게 하소서

오늘도 나 여기
의미 있는 씨앗이 되어
한 포기의 싹을 틔우는 씨앗이 되게 하소서

반올림

90.443과 89.667

이 두 숫자에 반올림을 한다.

둘 다 90이 된다.

90.443이 말한다 불공평하다고.

89.667은 공정하다고 좋아한다.

단지 1도 안되는 숫자로 반응은 극과 극이다.

세상이 불공평하다고

자연도 불공평하게 만들어졌다고

세상이 공평하게 만들어졌으면 어떨까

산과 들이 모두 평평하여 다 같다면

강과 바다의 깊이가 다 같다면 어떨까

음과 양이 없이 하나만 존재한다면

암컷과 수컷이 없이 하나의 성만이 존재한다면 어떨까

높은 산이 있어

깊은 계곡이 존재하고

동물이 쉴 곳을 찾고 물고기가 살 수 있듯이

음과 양이 있고

암과 수가 달리 있어 세상이 존재하고 돌아간다.

인간은 신에게 묻는다.

세상이 불공평하다고

신이 말한다.

공정함을 볼 수 있는 눈을 가지라고

내 가는 길 보이지 않아도

바람이 길잡이 되어주고
하늘의 별이 내려와 나의 어깨를 두들겨주면
내 가는 길 보이지 않아도
내 길을 가리라

친구의 노래 소리가 있고
나를 믿어주는 그대가 있으면
뿌연 안개가 내 시야를 가려도
내 길을 가리라

비가 내린 후
무지개가 보이지 않아도
눈이 내려
가야 할 길을 잃어버렸어도
내 길을 만들며 가리라

동주의 별

바람이 불고
풀잎들이 서로의 살갗을 부딪쳐 연주를 한다.
나무가 흔들리고
부엉이 두 눈을 크게 뜨고 숲이 내는 소리를 본다.
은하수에 별들이 흐르고
하늘이 노래한다.
한 점 부끄러움 없이 살기를 외치던
동주의 슬픈 별 이야기를 한다.

하늘을 우러러
동주가 보던 별들을 다시 본다.
하늘이 노래하고
별이 은하수를 흘러 떨어진다.

그 별이 나에게 왔다.

태권도

두 손 살포시 모아
안으로부터 일어나는 흐트러짐 밀어내고
세상을 온몸으로 맞닥뜨린다.
두 눈의 시선이 모아져
냅다 허공을 달린다.
빈 공간에 길들이 그려지고
그의 흰 옷자락이 붓이 된다.
허공을 가르고 땅을 넘나들며
달리던 하얀 붓끝이 허공에 튕겨 나온다.
탁 탁 소리한다.
날랜 시선의 멈춤에 눈썹은 떨고
하얀 옷자락이 밀려와 팔목을 때리니
출렁이던 온몸의 근육들이 달려와 멎는다.
바실리스크 물 위에서 뛰어오르자
땅을 차고 올라온 그의 몸이
민들레 홀씨 되어 하얀 옷자락질하며
허공을 휘젓고 삶을 그린다.
해는 져서 밤은 오고

별들이 우주의 주인이 되니
허공을 향한 하얀 붓질을 거두고
살포시 두 손 다시 모은다.

소녀 유관순

어두운 밤 보다 깊은 슬픔이 쌓이고
막혀버린 입속에 말들의 다툼이
붉은 보랏빛 아픔이 되어
터져버릴 듯한 활화산으로 피었다.
오는 아침을 향하여
푸른 보랏빛 깃발을 흔들며 나왔다.
청순하던 보랏빛 입술에
오디 자줏빛 핏물이 입가에 흐르고
감추어진 치아는
깨진 탱자의 씨앗처럼 시다.
목 저 안에 매달린
젖종이 울린다.
교실을 뛰어나와
학교 앞 거리로 나왔다.
잃어버린 언어를 찾아서
빼앗긴 어머니 조국을 돌려달라고
막아선 침략자를 향하여 외치며 달렸다.
이팔청춘의 푸르디푸른 그녀는

부러지고 잘리는 붉은 빛 고통보다
잃어버린 꿈
가질 수 없는 꿈이
사라져 버린 미래에 대한 아픔보다 크지 못하였더라

판문점 경계석

경기도 파주시 진서면 어룡리,
개성특별시 판문구역 판문점리,
땅 위에 선이 그어졌다.
넘어오지 말란다.
아이들 교실 책상에 줄 그리고
넘어오지 말라는 경고가 아니다.

민족의 애를 끊는 선이
단장의 아픔의 선이
폭 50㎝ 높이 15㎝이다.

빗물이 모이면 쉬이 넘고
바람이 나뭇잎을 데리고 왔다갔다하는 것을
우리에게 넘지 말란다.

발목 하나 높이
두 발의 거리
걸음 잃은 아흔다섯 실향인 신부

쉬이 넘고 건널 그것을
아무도 넘지 못한다.

세 번의 사반세기 동안 멈추어 있다.

| 해설 |

삶의 아름다움과 경이로움의 합주

– 이병석 시집 『비바람 속에서도 꽃은 피고』

김종회(전 경희대 교수 · 한국문학평론가협회 회장)

| 해설 |

삶의 아름다움과 경이로움의 합주

– 이병석 시집 『비바람 속에서도 꽃은 피고』

김종회(전 경희대 교수 · 한국문학평론가협회 회장)

1. 큰 명성을 가진 무도인의 시집

태권도 명인으로 최고 급수인 9단에 이른 한 무도인武道人이 시집을 낸다. 미국 노스캐롤라이나주에서 살고 있는 이병석 시인의 얘기다. 시를 지육智育과 덕육德育의 합일이라고 한다면, 태권도는 덕육과 체육體育의 합일이다. 머리를 써서 언어와 운율을 조합하는 일이나, 손발을 움직여 합당한 무력武力을 생성하는 일은, 모두 인간의 가치와 위의威儀를 높이는 동일한 목표를 가졌다. 국제적 명성을 가진 태권도 지도자가 한 권의 시집을 상재上梓하는 것이 결코 가벼운 '사건'이 아니라는 뜻이다. 태권도는 우리나라에서 창안되고 발전된 무술로, 이른바 대한민국의 국기國技다. 1950년대에 정립되어 이제는 전 세계로 확산되었으며, 그 규정 및 경기 진행에 한국어를 사용한다. 이병석 명인은 바로 그 국제화의 현장에 있다.

필자가 그를 만난 것은 미국 동부지역 순회 강연차 워싱턴을 방문했을 때였다. 워싱턴윤동주문학회 강의에서 부인 이임순 씨와 동행하여 참석함으로써 면식을 나누었다. 미국 여행길에서 만난 사람들 가운데 이 부부처럼 마음을 기껍고 흔연하게 하는 경우는 보기 드물었다. 오랜 세월을 두고 다져진 올곧은 무인의 자세가 역연했고, 기독교 신앙에서 배어 나오는 겸손과 배려가 여실했다. 지나놓고 보니, 그에게는 지·덕·체의 전인교육으로 인격을 고양하는 여러 조건이 함께 작동하고 있었던 셈이다. 그가 모국어로 시를 쓰고, 또 미국에서 생장生長한 그 아들이 한글로 시를 쓴다는 사실은 필자에게 만만찮은 감동이었다. 굳이 유대인의 역사를 소환하지 않더라도, 언어 곧 모국어에 잠복해 있는 민족애의 효용성을 잘 알기 때문이다.

이병석 시인은 전북 고창 출신으로 사회복지학을 전공하여 박사 학위를 받았다. 미국으로 이주하여 이국異國땅에 태권도의 지경地境을 확장하면서, 그동안 〈East Carolina University〉와 〈Chowan University〉 그리고 〈Midwest University〉의 겸임교수를 지냈다. 태권도 9단의 경륜에 걸맞게 세계태권도연맹 기술위원, 국기원 명예 자문위원, 태권도 국제심판 등의 경력이 있다. 그런가 하면 미국 지방의 시 의회 인권위원장, 공화당 노스캐롤라이나주 상공회의 명예 의장 등의 전·현직을 감당하면서 여러 훈장 · 메달과 미국 대통령 자원봉사 평생공로상의 수상자이기도 하다. 기실 한국인으로서 미국 사회의 중심에서 활동하면서, 이와 같은 성과를 이루고 온당한 평가를 받기는 지난至難한 일이 아닐 수 없다.

그런데 이 모든 놀라운 사실보다도 더 필자를 감동하게 한 것은, 그가 오랫동안 시를 써 왔고 더불어 그 시가 모국에서 주목을 받았다는 데 있다. 지난해 《경북일보》 주최 〈청송객주문학대전〉에서 시 부문 입상, 그리고 재외동포청 주최 〈재외동포문학상〉에서 시 부문 대상을 받은 명백한 증좌가 있기 때문이다. 또한 그의 시가 인천광역시 지하철 센트럴파크역의 특별 전시장에 1년간 전시되는 좋은 소식이 있기도 했다. 이번 시집을 원고 상태로 읽으면서, 필자는 그의 세계관이나 그가 세계를 바라보는 눈이 사뭇 서정적이면서도 선량하다는 후감後感을 얻었다. 망설일 것 없이 공자가 말한 '사무사思無邪'나 『논어』에서 이른 '조수초목지명鳥獸草木之名'을 떠올렸다.

앞의 구절은 시 삼백 수의 의미를 한마디로 말하면 생각에 사악함이 없다는 뜻이고, 뒤의 구절은 시가 새와 짐승과 풀과 나무의 이름을 많이 알게 해준다는 뜻이다. 이병석 시인은 그와 같이 순후한 마음으로 세상의 아름다움을 바라보았고, 그 가운데서 삶이 형성하는 경이로움을 시로 포착했다. 이 미려美麗에 대한 발견과 외경畏敬의 인식은 그의 시 세계를 일관하는 정제된 시 의식이다. 그리고 그 양자가 연합하여 결이 고운 합주合奏를 들려주는 것이 그의 시다. 쉽고 편안하게 읽히지만, 시의 내면에 숨어 있는 함의含意는 결코 가볍지 않다. 이제 우리 함께 그의 시 내면으로 걸어 들어갈 차례다.

2. 사랑의 눈으로 부른 맑은 노래

이 시집의 1부에 수록된 시들은 모두 연가, 곧 사랑 노래다. 편안하고 쉬운 언어로 노래하지만, 그 언어의 행간에 담긴 의미는 중후하다. 마치 성경의 아가서에서 솔로몬이 쓴 연시戀詩처럼. 여러 시의 언사와 어투를 살펴보면, 그의 사랑은 여일하게 자신의 아내를 향하고 있다. 이와 같은 심사는 미상불 두 사람 모두에게 하늘의 축복이다. 하지만 이렇게만 말한다면, 이는 시가 가진 다층적 의미를 간과하는 우愚를 범할 수 있다. 시인은 풀 한 포기 바람 한 점을 보고도 명상한다. 그것들이 모여서 삼라만상森羅萬象을 이루기 때문에. 아내를 사랑하는 그 마음으로 인하여 이웃을, 세상을 사랑하는 마음이 탄력을 얻을 수 있기에 단선적인 사랑에 그치지 않는다.

바닷가 왕국

천사들마저도 질투하게 사랑한
포우와 버지니아는
바다 향이 올라오는
볼티모어의 한 언덕에 누워
한 줌의 흙으로 함께 하며
가끔씩 기억되어
찾아와 불러주는 시인의 노래
애너벨 리에 잠을 자고 있다

시와 시인은 가고
그들의 사랑마저
떠나고 없어도
그들을 기억하고 노래하는 사람들이
그 언덕에 올라
바닷바람을 노래 부르며
사라진 왕국의 이야기를 한다
애너벨 리의 슬픈 사랑 이야기를

–「포우와 버지니아」

이 시는 미국의 자연주의 시인이자 소설가인 에드거 앨런 포와 그가 사별死別한 어린 아내 버지니아 글렘의 이야기를 담은 시 「애너벨 리」와 오버랩하여 읽을 수 있다. 세상에서 가장 슬픈 이별이 사별일까. 시인은 지금 자신의 삶과 사랑에 감사하며, 그 감사가 극명克明한 까닭으로 이와 같이 애절한 시심詩心에까지 발걸음의 보폭을 넓힐 수 있었을 것이다. 항차 시인이 아니라 할지라도 이러한 마음의 쓰임새는 상찬賞讚할 만하다. 필자가 워싱턴 강연을 마치고, 현지 문인들과 함께 1시간 30분 거리에 있는 메릴랜드주 볼티모어의 포 묘지를 다녀온 날, 시인과 저녁을 함께 하며 「애너벨 리」에 관한 대화를 이어간 적이 있다. 어느덧 우리는, 그의 시에서 말하는 것처럼 '사라진 왕국'의 '슬픈 사랑의 이야기'를 나눈 터였다.

바람입니다.
바람이 찾아와 문을 붙들고 속삭입니다.
별들이 노래를 부르며
문밖에 있으니 들어오게 해 달라고 속삭입니다.

바람입니다.
바람이 창문을 흔들며 서서 이야기합니다.
큰 두 눈 더 크게 뜨고
목청을 가다듬은 부엉이의 목소리로
문을 열어달라고 이야기합니다.

하늘에서 별이 떨어집니다.

떨어지는 별을 향해
바람이 서둘러 달려갑니다.
별이 영원히 기억에서 사라질세라
어두운 데 떨어져 빛을 잃어버릴세라
바람이 산 너머 저쪽으로 갔습니다.

별을 쫓아간 바람은 오질 않고
온 밤 고요로 가득하고
하늘은 별들로 가득 채워졌습니다.
어두움 가득한 방 안
노부부의 긴 밤이 계속됩니다.

-「바람의 이야기」

만약에 이병석의 시가 천편일률적인 사랑 고백으로 일관했다면, 우리가 그의 시에서 인생사의 굴곡과 그에 따른 깊은 감상을 수득收得하지 못했을지도 모른다. 시인이 일생을 두고 무도武道의 길을 걸어온 터인데, 어떻게 그의 가슴 속에 이토록 순정한 서정이 갈무리되어 있는지, 그리고 어떻게 사랑의 눈으로 세계를 바라보는 시선이 이처럼 광범위하게 펼쳐져 있는지 놀라게 된다. 여기서 예로 든 이 시가 바로 그렇다. 문밖에 찾아온 바람, 하늘에서 떨어지는 별, 그리고 고요한 밤이다. 거기 '노부부의 긴 밤'이 계속되고 있다. 눈앞에 즉물적으로 펼쳐지는 사랑을 넘어서, 온 우주가 호응하여 그 값을 말하는 노년까지의 사랑에 시인의 눈이 당도하는 순간이다.

3. 자연 친화로부터 사모곡까지

이 시집의 2부에서는 먼저 1부에 이어 별, 은하수, 마른 나뭇잎, 동굴, 딱따구리 등의 제재題材를 동원하면서 맑고 따뜻한 자연 친화의 사유思惟를 보여준다. 그 가운데 어린 시절 '꿈에 보이던 교정'의 기다림이 있고, 좀 더 확장하면 '바닷소리 바람소리 교회의 종소리 어우러져 들리던 곳'에 남아 있는 '해리'의 안부도 있다. 시라는 날개를 달고 한달음에 시인은 옛 추억의 장소에 이르렀다. 이처럼 무소부재無所不在한 시적 상상력의 자장磁場은 마침내 이제 세상을 멀리 떠난 부모의 기억을 호출한다. 누구나 감당해야 하는 그 별리別離의 아픔이 더욱 애잔하고 절실한 것은, 시인의 어머니에 대한 사랑이 그만큼 깊었던 까닭에서다. 오죽하면 그러한 절박함에 대한 비유를 '바하 칼리포르니아 전갈'에게서 가져왔을까.

하늘이 내려와 나무 위에 앉고
숲에 머물렀다.
나무들 사이로
길이 열리고

개울이 흐른다.
하늘이 흐른다.
숲의 가장자리에는
깊은 눈망울을 가진 연못이 있고
그 눈에 하늘을 담았다.
하늘이 내려와 거기에 담겼다.

구름은 숲에서 나와 나무를 오르고
하늘에 피었다.
지는 해를 등에 얹고
붉은 꽃을 피웠다.

-「만남」

인용된 시는 자연과의 친애親愛를 넘어, 이제는 그 관계성의 종국終局에 놓인 무심無心의 경지를 지향하고 있다. 얼핏 보면 도가道家의 자연사상을 해명하는 듯하나, 궁극에서는 밝은 눈으로 포착하는 건실한 관점을 잃지 않았다. 하늘이 숲에 머물고, 나무들 사이로 길이 열리고, 또 개울이 흐르는 풍경의 상상화 한 폭을 그리는 시인이 여기에 있다. 시인은 숲 가장자리의 연못에 하늘이 내려와 담겼다고 말한다. 이백의 『산중문답』이나 지난 세기 청록파의 시편들에서 볼 수 있는, 청명한 자연의 숨결을 뒤따라간 행보行步다. 거기에 또 있다. 황혼의 구름을 두고 '지는 해를 등에 얹고 붉은 꽃을 피웠다'라고 썼다. '지는 해'에 이르기까지의 행적을 바탕으로 '붉은 꽃'을 관찰하는 시적 방정식은, 삶의 현실에 발을 두고 자연의 경이로움을 발화發話하는 시인의 태도를 말한다.

> 대나무가 꽃을 피웠습니다
> 울 엄마 꽃가마 타고 올 때
> 시작된 대나무의 전설이
> 뒤뜰 가득 채우고
> 숲을 이루더니
> 아흔다섯 울 엄마 하늘행 꽃마차 타고 떠나니
> 대나무가 꽃을 피웠습니다.
>
> -「대나무꽃」

대나무는 참 볼품이 있는 식물이다. 우리나라에서는 주로 남부지방에 분포되어 있는데, 속이 빈 나무 모양의 탄소질 줄기가 높게 그리고 곧게 자란다. 그 키를 높여가는데 '마디'가 유효한 역할을 하고 있어서, 흔히 인생사의 '고비'를 은유하기도 한다. 대나무가 꽃을 피우는 일은 매우 희귀한 경우인데, 시인은 이를 두고 '울 엄마 꽃가마 타고 올 때 시작된' 전설이라고 언명言明했다. 그렇게 전설이 뒤뜰 가득 채우고 숲을 이루더니, '아흔다섯 울 엄마 하늘행 꽃마차 타고 떠나니 대나무가 꽃을 피웠다'는 것이 아닌가. 다른 사모곡思母曲의 시들에서 눈물겨운 감정선을 보여주던 시인이, 여기서는 이지적이고 숙성된 접근법을 보여주고 있기에 더 주목할 만한 작품이다.

4. 계절과 꽃 그리고 순정한 시심

이 시집의 3부에 실린 시들은 한결같이 사시사철의 계절을 묘사의 대상으로 하고, 또 그 계절의 얼굴이 되는 꽃에 시적 의미를 부가하는 형식을 갖추고 있다. 한 해의 서두를 여는 '새해'의 시, 철 따라 형용이 다른 계절의 시, 일찍이 괴테가 하늘에는 별이요 땅에는 꽃이라고 노래한 그 꽃의 시들은, 이병석에 이르러 순수하고 아름다운 삶의 다른 이름들이 된다. 어느 시인이 변화하는 계절의 묘미를 노래하지 않겠는가. 또 어느 꽃인들 그 자태가 소중하고 뜻깊지 않겠는가. 하지만 이 시인의 시에서 만나는 그 계기나 경물景物들은, 시인의 내면이 명경처럼 맑고 순전하다는 사실을 지속적으로 감각하게 한다.

나는 구름이고 싶다.
몽글몽글 피어 올라 그늘을 주기도 하고
메마른 곳에 단비를 주는 구름이고 싶다.
구름은

비를 내려 숲을 더 푸르게 하고
계곡에 물을 흘러가게 하여
온갖 생물이 즐거이 살 수 있는 곳 만들어주는
촉촉한 눈을 가졌다.

나는 바람이고 싶다.
들판을 달리고 산을 오르는 바람이고 싶다.
바람은 들판의 곡식을 익게 하고
바람은 산에게 계절마다 새로운 옷을 입혀주는
귀한 손을 가졌다.

나는 햇살이고 싶다.
꽃밭을 환하게 만들고 하늘을 가득 채우는 햇살이고 싶다.
햇살은 꽃밭의 꽃을 더 화사하게 하며
하늘을 깊게 만들어 주어 많은 꿈들로 채워주는
따스한 가슴을 가졌다.

오늘 나는 누군가에게 구름이고, 바람이고, 햇살이고 싶다.
촉촉한 눈으로 너와 함께 울며 위로하고
손을 내밀어 힘든 너를 붙잡아 주는
그리고 따스한 가슴으로 너를 안아줄 수 있는 그러

한 존재이고 싶다.

-「구름, 바람, 햇살」

인용된 시는 이 시인이 계절의 외형에 해당하는 구름, 바람, 햇살의 세 가지 소재로 자신의 시적 소망을 나타낸 작품이다. 그가 구름이고 싶은 것은, 온갖 생물들이 즐거이 살 수 있게 하는 '촉촉한 눈'을 가졌기 때문이다. 그가 바람이고 싶은 것은, 들판과 산을 축복하는 '귀한 손'을 가졌기 때문이다. 그가 햇살이고 싶은 것은, 꽃밭을 화사하게 하고 하늘을 꿈으로 채우는 '따뜻한 가슴'을 가졌기 때문이다. 이렇게 보면 이 시인이야말로 계절의 변환을 통해 호혜평등互惠平等과 만민경애萬民敬愛 사상의 시현示現을 주장하는 사람이다. 자신이 '그러한 존재이고 싶다'는 시적 염원은, 그야말로 정당한 시인의 자리에 선 이의 발상이다. 시는 그 언어가 곱기만 해서 값진 것이 아니다.

바람 불고 비 내린 들판을 보라
비바람 속에서 꽃들은 피고
나무는 흔들림 속에서 더 꼿꼿하나니
구름 가고 비 멎으면 나비와 새들이 난다.

뜨거운 태양열과

모래바람 부는 사막에도
생명이 존재하듯
너의 삶 속에도 지친 네 목젖을 적셔줄 오아시스는
있다.
일어나 한 그루의 나무를 심고
물을 주어보라
나무가 너에게 무엇을 해 줄 수 있는지 알 것이다.

세상이 너에게 손가락질할지라도
눈꺼풀 닫을 만한 용기와 힘 있으면
당당할 수 있고
해거름에 지친 발걸음이 너와 함께할지라도
너를 반겨주고 안아줄 동반자 하나 있다면
네 인생 살 만한 것이다.

-「비바람 속에서도 꽃은 피고」

시인은 꽃 중에서도 선운사 언덕의 동백꽃과 그 꽃처럼 고왔던 어릴 적 친구들을 잊지 못한다. 거기에 유년과 소년 시절의 온갖 보화 같은 지난날이 묻혀 있기에 그렇다. 어른이 되면서 만난 국화꽃, 나팔꽃, 민들레꽃도 모두 저마다의 사연으로 빛난다. 그런데 정작 시인과 독자의 가슴 밑바닥을 동시에 두드리는 공명共鳴의 힘은, 인용된 시에서와 같이 비바람 속에서도 꽃은 핀다는 엄연한 철리哲理의 개진開陳에 있다. 꽃만 그러한가. 나무도 흔들림 속에서 더 꼿꼿하다. 이윽고 '구름 가고 비 멎으면 나비와 새들이 난다'는 것이 시인의 관찰이다. 그는 이를 일러 지친 삶 속의 오아시스로 비유한다. 여기에 일말의 용기와 반겨줄 동반자가 있으면 더 말할 나위가 없다. 시인의 긍정적인 세계관이 한층 돋보이는 대목이다.

5. 자기성찰과 신앙고백의 시들

동양 문화권에서 널리 알려진 증자曾子의 일일삼성一日三省은 사람에 대한 충실, 벗에 대한 신뢰, 학습에 대한 열심을 반성하는 것으로, 『논어』의 〈학이學而〉 편에 나온다. 이 시집의 4부에서 볼 수 있는, 시를 통한 자기성찰의 유형은 여러 가지 모습을 보인다. 일상적인 일들, 자화상, 옛일의 회상, 삶의 근본적 의미 등이 여기서 시의 옷을 입고 등장한다. 한편으로는 시인이 신실한 신앙인인 터이므로, 그 성찰의 현현顯現이 자기 신앙의 주인인 신의 뜻을 묵상하는 지점에 이른다. 뿐만 아니라 스스로의 생애를 공여한 국기國伎 태권도에의 존중, 우리 겨레의 이름으로 길이 반추해야 할 유관순과 윤동주를 향한 경애敬愛, 남북 분단 현장의 판문점 경계석에 대한 염려 등 공동체적 반성론도 그의 시 세계에서 자리를 지키고 있다.

이랴
누가 나를 가게 하고
워워
누가 나를 멈추게 할 것인가
나의 인생을 조율해주는 이 누구인가

이랴
나를 가게 하소서
나의 어깨에 멍에 지고 기꺼이 가게 하소서
굳은 땅을 갈아 엎어 부드럽게 하며
거친 땅에 새 생명이 태어나게 하여
새로운 땅을 만들며
거칠고 굳은 땅을 옥토로 만들 수 있는 내가 되게 하시며
나의 멍에가
나의 걸음걸음이
다른 이의 가야 할 길이 되게 하소서

워워
나를 멈추게 하소서
허구와 이상을 좇아 달리는 불도저를
흔들리는 붉은 깃발에 쉬이 흥분되는 황소를
예민하게 반응하며 두 집게발 들고 달리는 게를

세상을 향한 부정된 마음을
남에게 보이려는 사치스러운 자만을
타인과 경쟁하며 나아지려는 욕심을
워워 멈추게 하소서

-「이랴 워워」

참 재미있는 시다. '이랴'는 소를 몰 때 앞으로 가게 하는 말이며, '워워'는 그 소의 걸음을 멈추게 하는 말이다. 시인은 이 두 명령어를 사용하여 '나의 인생을 조율해 주는' 누군가를 상정하고 있다. 두말할 것 없이 그의 절대자인 신이다. 이랴를 통하여 시적 자아의 멍에와 걸음걸음이 '다른 이의 가야 할 길'이 되기를 기구祈求한다. 더불어 워워를 통하여 '세상을 향한 부정적 마음'을, 자만과 욕심을 멈추게 해 달라고 요청한다. 누구나 자신에게 일어나기를 원하는 일이 있고, 자기가 가담하기를 원하지 않는 일이 있다. 그러나 이 시에 나타난 기도처럼 선량한 반성을 신의 안전眼前에 제출한다면, 그는 한 인간으로서도 또 신앙인으로서도 보기 드문 수범垂範 사례다.

바람이 길잡이 되어주고
하늘의 별이 내려와 나의 어깨를 두들겨주면
내 가는 길 보이지 않아도

내 길을 가리라

친구의 노래 소리가 있고
나를 믿어주는 그대가 있으면
뿌연 안개가 내 시야를 가려도
내 길을 가리라

비가 내린 후
무지개가 보이지 않아도
눈이 내려
가야 할 길을 잃어버렸어도
내 길을 만들며 가리라

-「내 가는 길 보이지 않아도」

인용된 시는 신의 눈길 아래에서, 또 신이 만든 세상의 모든 자연 현상 앞에서, 겸손한 자아의 원망願望을 피력해 보인 작품이다. '내 가는 길 보이지 않아도'라는 제목은, 그러므로 그렇게 자신을 낮추는 명료한 신호다. 바람과 별의 격려, 친구와 '그대'가 보내주는 믿음, 비와 눈이 앞을 막는 역경의 극복 등 이 시에서 열거된 항목들은 '내 길'을 추동推動하는 보석 같은 존재들이다. 문제는 가는 길이 보이지 않고, 안개가 시야를 가리고, 가야 할 길을 잃어버렸어도,

'내 길을 만들며 가리라'는 시인의 확고한 결단에 있고 그 마음에 있다. 그러기에 불가佛家에서는 일체유심조一切唯心造라 하고, 성경에서는 '무릇 지킬만한 것보다 네 마음을 지키라'(잠 4:23)라고 가르치는 것이다. 이와 같은 시적 의지는 어쩌면 무도의 초발심初發心과 소통되는 것이 아닐까 여겨진다.

6. 시인의 정체성과 시에 거는 꿈

왜 이병석은 이렇게 지속적으로 시를 써 왔을까. 무엇이 그로 하여금 무인武人의 길과 다소 상거相距가 있어 보이는 이 길을 가게 했을까. 이 질문에 대한 답변을 위해서는, 왜 시인이 시를 쓰는가에 대한 창작심리학적 논리를 환기하는 것이 유용할 것 같다. 시인은 자기 내부에 있는 표현 욕구를 그대로 둘 수 없어서 시작詩作을 한다. 또는 그 시대와 사회에 대한 심리적 책임감, 곧 기록 욕구를 감당하기 위해서이기도 하다. 이병석의 시 창작 또한 이와 별반 다를 바 없을 것이다. 다만 우리가 유의할 것은, 그의 길이 시와는 좀 다른 모양이나 빛깔을 가졌더라도 그에게 시를 배태胚胎하는 예민한 감성과 이를 시가 되도록 표현하는 문장의 기량이 넉넉했다는 사실이다.

그는 이와 같은 창작자의 심정을 실제로 시를 통해 풀어 말했다. 「나에게는 꿈이 있습니다」라는 시다. 일찍이 1963년에 행한 마틴 루터 킹 목사의 연설 제목을 차용하여, 시인은 시의 이름을 부르며 그 이유를 차근차근 설명해 보였다. 세상을 노래할 언어를 찾는 꿈, 사랑하는 마음을 표현해보는 꿈, 사랑을 아름다운 말로 승화시키는 꿈, 이 모든 것을 글로 만들어내는 꿈이 그에게 있다고 하지 않는가. 짐작컨대 그가 문예나 문장의 이론을 체계적으로 학습한 시간이 있어 보이지 않으나, 그는 이미 시적 문장을 운용하는 방법과 그 요체에 익숙한 것 같다. 이 또한 그에게 주어진 하늘의 선물이다. 아마도 그의 이 역정歷程은 앞으로도 계속될 터이고, 우리는 그 경과를 지켜볼 참이다.

이 시집의 〈시인의 말〉에서 그는 자신이 '여행 중'이라고 규정했다. 그리고 그 여행은 '일상에서 벗어나 꿈으로' 가는 것이라고 했다. 37년의 세월이 흐르는 동안 태권도인으로 살아 그 명성이 국제적으로 알려진 바 되었으니, '행복했다'고 자평自評한다. 그런데 이 여행, 시를 쓰며 떠나는 이 여행은 지금까지와는 아주 다르다는 것이 그의 토로다. 우리는 그의 여행이 더 행복하게, 더 성과 있게 앞길을 열어가게 되리라 믿는다. 그의 품성을 믿는 만큼 그의 시도 믿는다. 한 개인으로서는 성취하기 어려운 무력의 도정道程을 이룩한 그가 늦깎이로 시인의 반열에 올라선 것을 축복하면서, 그 삶과 국제무대에서의 활동 모두에 걸쳐 하나님의 가호가 함께 하길 기원한다.

비바람 속에서도 꽃은 피고

2024년 6월 5일 초판 1쇄 인쇄
2024년 6월 13일 초판 1쇄 발행

지은이 | 이병석
펴낸이 | 孫貞順

펴낸곳 | 도서출판 모아드림
(03756) 서울 서대문구 북아현로6길 50
전화 | 02)365-8111~2 팩스 | 02)365-8110
이메일 | cultura@cultura.co.kr
홈페이지 | www.cultura.co.kr
등록번호 | 제2-2264호(1996.10.24)

편집 | 손희 김치성 설재원
디자인 | 오경은 박근영
영업 | 박영민
관리 | 이용승

ISBN 978-89-5664-185-0 (03810)

* 잘못된 책은 구입하신 서점에서 바꾸어 드립니다.

값 12,000원